거꾸로 가자

거꾸로 가자

초판 1쇄 발행 • 2012년 11월 23일

지은이 • 윤재철
펴낸이 • 황규관
편집장 • 김영숙
편집 • 노윤영 윤선미
총무 • 김은경

펴낸곳 • 도서출판 삶창
출판등록 • 2010년 11월 30일 제2010-000168호
주소 • 150-901 서울시 영등포구 영등포동2가 94-141 동아빌딩 402호
전화 • 02-848-3097 팩스 • 02-848-3094
홈페이지 • www.samchang.or.kr

ⓒ윤재철, 2012
ISBN 978-89-6655-017-3 03810

거꾸로 가자

윤재철 시집

삶창

시인의 말

아침 식탁.

마주 보이는 모딜리아니의 '누워 있는 누드'는 나를 당황스
럽게 만든다.

냉장고 위의 '누드'라니. 아침부터 몽롱하게 풀린 눈빛.

관능미 넘치는 젖가슴과 길고 가는 허리 그리고 비정상적으로
거대하고 힘 있는 하체. 능소화빛으로 농익은 피부의 색감. 여인
이 비스듬히 누운 대각선 뒤쪽으로는 까맣게 윤기 나는 비로드
천 같은 어둠이 여체의 볼륨감을 도드라지게 받쳐주고 있다.

아침 지하철.

터널 속 어둠은 운명처럼 지나가고

유리창은 늘 내 안의 어둠을 비춰낸다.

아침 등굣길 교정.

메타세쿼이아 세 그루 높이 솟은 나지막한 둔덕

풀숲 속의 나팔꽃을 바라본다. 나팔꽃밭

하늘색 작은 꽃들이 별밭 같다.

밤새 하늘에서 떨어진 별들이
땅의 어둠과 은밀히 교접하여 작고 푸른 꽃을 피웠다.
아침의 영광이여
그러나 속절없는 사랑이여.

내일이면 첫서리가 내린단다. 산간에는 얼음이 언단다.
이제 작별을 고하마. 잘 가거라 나팔꽃이여
너를 땅속 어둠으로 다시 돌려보내며
나도 겨울 들판으로 난 쪽문을 민다.

좋지 않은 원고를 시집답게 만들어준 황규관 시인과 편집부에 감사드린다. 시를 핑계로 늘 술 냄새 풍기는 나를 늘 견디고 있는 아내와 딸에게도 미안하고 고맙다는 말을 전한다.

2012년 늦가을 방배동 우거에서
윤재철

차례

제2부

제4부

제
1
부

이제 바퀴를 보면 브레이크 달고 싶다

바퀴는 몰라
지금 산수유가 피었는지
북쪽 산기슭 진달래가 피었는지
뒤울안 회나무 가지
휘파람새가 울다 가는지
바퀴는 몰라 저 들판
노란 꾀꼬리가 왜 급히 날아가는지

바퀴는 모른다네
내가 우는지 마는지
누구를 어떻게
그리워하는지 마는지
그러면서 내가 얼마나 고독한지
바퀴는 모른다네

바퀴는 몰라
하루 일 마치고 해질녘

막걸리 한 잔에 붉게 취해
돌아오는 원둑길 풀밭
다 먹은 점심 도시락 가방 베개 하여
시인도 눕고 선생도 눕고 추장도 누워

노을 지는 하늘에 검붉게 물든 새털구름
먼 허공에 눈길 던지며
입에는 삘기 하나 뽑아 물었을까
빙글빙글 토끼풀 하나 돌리고 있었을까
하루해가 지는 저수지 길을
바퀴는 몰라

이제 바퀴를 보면 브레이크 달고 싶다
너무 오래 달려오지 않았나

어느 장수말벌의 주검

가을 햇살 맑고 따가운 날
쥐똥나무 밑에 엎어져 있는
장수말벌 왕텡이의 주검
왜 죽었을까
그래도 무서워 쪼그리고 앉아 살펴보지만
그냥 기척없이 편하다

운구運柩
엄지 검지로 날개를 잡고
사무실로 들어와
하얀 사각의 A4 용지 위에 올려놓고
일으켜 세워도 보고
날개도 펴보고
볼펜으로 이리저리 뒤적어본다

아직도 온몸에 서려 있는 위엄
꿀벌들 목을 끊던

강한 턱과 이빨은 닫혔지만
꽁지는 봉지처럼 터졌지만
금빛 머리며 몸통에 검은 띠무늬
이집트 파라오처럼 제왕의 위엄이 서려 있다

살아서는 언제 내가 너를 만져볼 수나 있었겠느냐
그러나 이제는 죽어버린 심벌
쿵쿵거리며 나는 은밀하게 묻는다
미이라처럼 너는 좌익인가 우익인가
진보인가 보수인가
그러나 너는 부드럽게 웃으면서
친근하다는 것이 썩어가는 섯이라고 답한다

나는 문득 다시 낯섦 앞에 서 있다
하얀 사각의 A4 용지 위에
장수말벌의 주검
나는 다시 두렵다

폐타이어를 끌고 달리는 아이를 보며

야구부 연습장 담벼락엔 누군가
'미쳐야 이긴다' 크게 플래카드 써 붙이고
다른 친구들 투구 연습도 하고
배팅 연습도 하는 저쪽 한구석에서
너는 허리에 끈 매달아 폐타이어 끌며 달리고 있다

전력 질주해서 달려갔다가는
전력 질주해서 달려오고
수도 없이 달려갔다가는
수도 없이 달려오고
항시 네 엉덩이 뒤에 매달려 있는 폐타이어

왜 달려야 하는가를 묻는 것은 아니다
단지 슬플 때가 있다

즐겁게 미쳐야 미칠 수 있을까
고통스럽게 미쳐야 미칠 수 있을까

즐겁게 미쳐야 이길 수 있을까
고통스럽게 미쳐야 이길 수 있을까

아마
네 근육이 프로 시장이나 대학에 팔려도
팔리지 못해도
나는 슬플 때가 있을 것이다

창의력

창의, 창의 하지 마라
책상 앞에 앉아 머리만 굴리며
창의, 창의
아이디어니 디자인이니 하지 마라

창의도 눈물에서 나오는 것
허리 꺾어지도록 끝없는 반복에서
풀리지 않는 그 고통에서 나오는 것
어느 날 에잇!
다 뒤집어엎고 싶을 때
그 절망의 끝에서 창의도 나오는 것

단지 양복 뒷면을 하나로 나누었다가
둘로 나누었다가 통으로 만드는 것
하루가 다르게 쏟아져 나오는 IT 신기종
그것이 창의인가
(아 참으로 가벼이 몸 바꾸어

돈을 버는 자본주의여)

창의는 어느 날
팽이 날을 내리꽂다가
흙 속에 파묻힌 바위에 부딪치다가
불꽃 튀듯 생겨나는 것
힘의 반작용
그것이 문명의 바퀴를 덜컹 굴린다

거룩한 삼겹살

한 달여
해외여행을 하고 온 딸이
공항에 이제 도착했다고 전화가 와서

그래 고생했다 뭐가 먹고 싶으냐
준비하마 했더니
삼겹살 상추 마늘 전화가 빠르다

된장찌개나 김치찌개
아니면 고작 자장면을 생각했던 나는
당황한다

그래 시절이 바뀐 것인가
오랜 여행 끝에 기름진 것이 먹고 싶은가
된장찌개와 삼겹살 아무래도 나는 헷갈리는데

애초에 검은 털 숭숭 박혀 있던

돼지 거죽과 비계와 그 밑살이
이제 우리 입맛을 완전히 사로잡았구나
고향의 입맛이구나
서민의 밥상이구나

그래, 그래
그러나 잊지 마라
네 할머니 소증素症이라는 말
고기가 궁금해서 외던 소증

오 거룩한 삼겹살이여

신식 차례

한 습관 바꾸니 마음이 편안합니다

애써 벼루 찾아 세필로 한지에 지방 쓰다가
A4 용지나 쓰다 만 200자 원고지에
볼펜으로 지방을 쓰니 참 편합니다
현고학생부군신위
현조고학생부군신위
써 붙이고 차례 지냅니다

상에는 떡 대신 피자 올렸습니다
적 대신 스테이크 구워 올렸습니다
멜론이니 바나나도 놓고
제주祭酒는 그냥 프랑스산 메독 적포도주입니다
향도 일본 친구가 준 백단향입니다
KBS FM은 그냥 틀어두었어요
절하는 귓등으로 요한 스트라우스의 왈츠
아름답고 푸른 도나우강이 흐릅니다

짜잔 짜자잔 짠짠

그러고 보니 신년음악회입니다
신년하례식입니다
그냥 좋게 받아주소서
관습도 바뀌는 것이겠죠
추억하는 마음만 똑같았으면 좋겠습니다

루시*

— 오래된 미래

뿌옇게 김 서린 거울 속
벌거벗은 채 늘어뜨린
내 손가락이
루시를 닮았다
뼈만 남은 긴 손가락

루시가 누구냐고?
이놈!
삼백만 년 전
우리 할머니시다

내 손가락이
영락없이 루시를 닮았지
오른손 중지 첫 번째 마디가
볼록 솟은 것 말고는

수은빛 안개에 젖은 숲 속

오래되고

낯선 사내 하나

손가락 늘어뜨리고 서 있다

*1974년 에티오피아의 한 사막에서 발견된 고인류학상 최고원인最古猿人. 발견된
날 밤 조사대의 캠프에서 흘러나오고 있던 비틀스의 노래 〈다이아몬드와 함께 있
는 하늘의 루시Lucy in the sky with diamonds〉에서 유래함.

체 게바라

체 게바라 평전이
아직 인기가 있는 것을 보면
혁명은 뿌리가 깊다

나는 쿠바의 소아과 의사
체의 딸 알레이다 게바라가
병든 아이들 다리를 펴고 있는 모습을
주의 깊게 보고 있다

삶은 내게 혁명이다
속 깊은 거울이다
삶이 단지 노역이었던 시절에도
녹 낀 청동의 거울이다

체의 혁명이 프랑스 학생 혁명이 될 때
밀림은 밀림이 아니다
도시는 새롭게

보습으로 밀어 가꾸어야 할 정글이 된다

슬픔이 기쁨을 치는 날
삶은 단지 노역이 아니러니
삶은 내 낡은 보습에서 다시 태어날
아름다운 추억

나는 조선 왕조의 후예는 아니다

나는 조선 왕조의 후예는 아니다
공화국의 후예다
왜 자꾸 얼굴도 모르는 동상을 세우나

나는 난쟁이 같은 왕조의 적자赤子는 아니다
그 부패하고 사악한 세도정치
거짓 위민爲民의 후예는 아니다

나는 충신의 후예도 아니다
정숙한 열녀의 후예도 아니다
속이지 마라

제대로 된 손문이 없었더라도
제대로 된 간디나 호치민이 없었더라도
나는 공화국의 후예
4월과 5월과 6월의 후예

나는 거부한다
나는 그 눈먼 조선 왕조의 후예는 아니다
왜 자꾸 얼굴도 모르는 동상을 세우나

마음이 허전한 자가 자꾸 동상을 세운다

서울은 집이 산다

슬픔도 몰라
그리움도 몰라
어둠도 없고 별빛도 없고
서울은 집이 산다

무슨 캐슬 무슨 빌 무슨 텔
피시방 노래방 찜질방 키스방
피자집 치킨집 족발집 중국집
집과 집이 끝없이 연결되고

달동네는 뉴타운으로 쳐부수고
낮은 집은 높은 집들이 올라앉고
머리에는 인공위성 안테나 하나씩 달고
서울은 집이 산다

서울에는 네가 없다 나도 없다
어둠도 없고 별빛도 없다

빨간 우체통 하나 없이
서울은 집이 산다

더러운 비둘기

수업 중에 열려 있는 문으로
비둘기 한 마리 기웃거리다 들어왔는데
아이들은 저놈도 수업 받으러 왔나 하다가
비둘기 놀라 날자 아이들 이리저리 피하고
책상 걸상이 쓰러지고
한바탕 난리굿을 피우다가
비둘기 창문 찾아 날아가고
이윽고 조용해져 뭐 그렇게 난리냐 물었더니
더러워서요 바이러스 덩어리예요 이구동성 말한다

비둘기는 다 죽여야 해요 말 들으며
수업 내내 나는 헷갈린다
아직도 교과서에 적혀 있는
평화의 새 비둘기
사은유인 줄은 알았지만
죽은 심벌인 줄은 알았지만
죽여야 한다는 말까지는 처음이다

죽여야 한다는 말이 너무 낯설어

수업 마치고 돌아서 나오며
건너편 별관 옥상 처마에 나란히 앉아 있는 비둘기 보며
그 역광의 검은 실루엣에 나는 주문을 건다
다시 내려오지 말거라
다시는 이 지상에 발을 딛지 말거라
저 숲으로 돌아가거라
인간의 토사물이나 팝콘 빵 부스러기
편안한 먹이는 이제 잊어버려라
떠나거라 새여
이제 몸이 너무 무거워진 새여

목축의 시간

그대 그리운
목축의 시간이여
가난했지만 한가로웠던
그 목축의 시간이여

뒤뚱뒤뚱 재봉침 의자에
까치발로 올라서서
나비 모양의 쇠걸개로
드르륵드르륵 태엽 감아 돌리던
괘종시계

보름치였던가 한 달치였던가
시곗바늘이 느려지면
시계가 배고픈가 보다
시계 밥 좀 줘라 아버지 말씀에
드르륵드르륵 밥 주던 시계

긴 시계불알로
뎅뎅뎅 종소리처럼도 울었던가
대청마루 까만 마룻바닥
그 적막 속을
가난한 하루가 가고

지금은 시간이 나를 먹는가
시간이 나를 몰고 가는가
그러나 마른 벌판에 나 홀로 서 있어

참새와 직박구리

비 오시는 날
학교 안 뜨락
단풍나무 벚나무 어우러진 사이로
직박구리 녀석들 떼 지어 날아다니며
소란스럽다, 수다새 녀석

갈수록 직박구리는 기승이고
키 작은 라일락 나무나 향나무에
떼 지어 붙어 있던
벤치 옆까지 내려와 종종거리던
참새는 보이지 않는다

봄이면 매화꽃에도 머리를 들이밀고
벚꽃 어린 꽃봉오리까지 따 먹는
직박구리의 왕성한 식욕이
그 뾰족하고 힘센 부리가
참새를 밀어냈을까

아 불쌍한 참새여

어디까지 밀려갔니

어디까지 쫓겨났니

일상처럼 늘 사람 곁에 있던 참새

그 작은 덩치가 이제는 그립다

거꾸로 가자

짧게 가자
빠르게 가자
무의미하게 가자
그녀는 잊기 위해서 드라마로 간다

그녀는 알레고리에 익숙하다
판타지에 익숙하다
리얼리즘은 천박해
부담스러워

상징적으로 가자
모자 쓰고 가자
가리마도 가리고
바로 클라이맥스로 간다

한일강제합병은 모른다
진주가 어디 붙어 있는지도 모른다

그녀는 내비게이션과 스마트폰에 익숙하고
온갖 암호와 예측에 충분히 익숙하다

나는 거꾸로 가자
예측 불가능하게 가자
벌거벗은 몸뚱이로 가자
저 강변 항하사 같은 금모래밭
남풍에 반짝이며 팔랑이는 미루나무 이파리
그 오르가슴을 나는 잊지 못한다

절대루

백일장 사생대회 있는 날
내일은 절대루 늦지 마라
하나가 늦으면
모두가 늦게 입장하게 된다
신신당부하고
동물원 앞에 몇 시에 모이라 하면
늦는 놈이 있다
화가 나서
엎드려뻗쳐 시키다 보면
끝내 말하지 않지만
죽어도 말하지 않지만
중풍으로 쓰러진 제 에미
죽 끓여 떠먹여 주고
기저귀 갈아 채워주다 늦는 놈이 있다

절대루라는 말이
정말로 우습다

제
2
부
—

하회마을 처마 밑에 걸린 작은 밥상들을 보며

아버지와 겸상 생각하네
평생 몇 번 되었을까
찌개나 김치 별 반찬 아니어도
나그네처럼 아버지는 늘 독상이셨네

내가 정학 받고
아버지 학교에 소환되어 갔다 오신 날
아버지는 특별히 겸상을 보라 하셨네
무릎 꿇고 안절부절못하는 내게
편히 앉으라고 하시고는
밥 먹는 내내 아무 말씀 없으시다가
상 물리고 숭늉 마시고
담배 한 대 붙여 무시고는
딱 한 마디 하셨다
사내 녀석이 그럴 수도 있겠다마는
다시는 그러지 말거라

회초리 맞는 것보다
따귀 맞는 것보다
참으로 말없이 두려웠네
그 말 한 마디가
내게는 평생
외로운 독상이었네

청권사清權祠를 지나며

방배동 청권사 효령대군 묘소는
영하 십 도 동장군 속에 편안하다
투명하게 환한 햇빛
적송과
잘 가꾸어진 누런 잔디

돌담장 밖으로는
오래된 모과나무
지난가을 쪼글쪼글해진 노란 열매 매달고
화단에는 파란 산죽
말라붙은 금잔화가 편안하다

피의 소용돌이 속
태조부터 성종까지 아흔을 살았던 대군
한강을 넘어와 방배
다시 한양을 보지 않으리라 등을 졌을까
관악을 바라보며 어떤 가슴을 잊었을까

서초동에서 방배역

나지막한 고개 내려오며

나는 묻는다 이 시대

우리가 등져야 할 권력은 무엇인가

목숨과 바꾸어야 할 권력은 또 무엇인가

바람은 싸늘하고

청권사 넘겨 보며

타워크레인은 올라가고

차라리 영원한 권력은

둥그런 저 무덤이 아닐까나

구두

그 여자
그 남자 죽은 지 몇 년 됐는데도
구두를 현관에 그대로 두고 있다
뒷굽이 한쪽으로 닳은 낡은 구두
더러 광나게 약칠도 하며

왜 치우지 않느냐 물으니
그래도 집 안에 남자가 있다는 표시가 있어야
남들이 깔보지 않는다고 말은 하지만

구두
아침이면
밖을 향해 놓았다가
저녁이면 지금 막 돌아온 듯이
집 안을 향해 돌려놓는 것은

그 여자 마음이지

살아 있는 추억이야

죽은 그 남자 아침이면 출근했다가

저녁이면 퇴근해 그 여자 집으로 돌아온다네

구두가 돌아온다네

에밀레종 소리

그믐날 새벽 꿈속에서
에밀레종 소리 들었거니
가슴 저 깊은 나락 그러나 분명하게
잊었던 소리 들었거니
일어나 세수하고 빗질하는
거울 속에서도 그것은 계속 울었거니

어린 시절 그믐날 밤
라디오 중계방송으로 들었던
제야의 종소리
에밀레종 소리
아름답고 가냘픈 그러나 끝없이 이어지던
요요부절*夭夭不絶의 그 소리

참으로 오랫동안 잊혀졌으나
사라진 것은 아니었거니
멍들었거니 금 갔거니

사라지진 않았거니
가슴 저 깊은 나락
이제 다시 울거니

잊혀진 내 안의 소리여
노래여
이제 귀로 말 좀 하렴
귀로 꽃을 피우렴

*가냘프고 아름다우면서 끊임이 없음.

호박 눈썹 나물

기술가정과 남자 선생
때 되면 학생들에게 나누어줄 바느질 쌈지
실습 교재로 행정실에 신청하고
바느질 보퉁이 들고 수업에 들어간다
어떤 때는 강당 느티나무 밑에 아이들 모아놓고
폐차 직전 고물차 타이어 가는 거며
이런저런 수행평가 한다

그 선생 식품 영양학 얘기하며
호박이 그렇게 몸에 좋다 얘기하길래
나는 그거 한번 가르쳐봐요 하며
호박 눈썹 나물 이야기한다
애호박 퉁퉁 썰어서 반 가르고
새우젓 까만 눈도 살아 있는
오젓 아니면 육젓 푹 한 숟갈 넣고
물 자박자박하게 해서 들기름 넣고
삼삼히 그것 볶아내면

그게 호박 눈썹 나물 아니요

아하 아하 우리 어릴 적 흔히 먹던 것
우린 그냥 호박 나물이라 했는데
눈썹 자 붙이니 이름이 참 이쁘구만
호박 눈썹 나물이라
근데 요즘 아이들은
왜 그렇게 호박을 싫어하는지
밋밋하대나 어쩌대나

금오신화

문학 시간
전기傳奇적인 한문소설
매월당의 '이생규장전' 가르치며

귀신과의 사랑 이야기에
남녀 간 잠자리의 지극한 즐거움 나오는 대목에서
얘기 안 하려다가

참고서대로
남녀 간 잠자리의 즐거움을
넉자배기로 말하라 했더니
야단법석이다

조타조타, 오르가슴
조치조아 하다가
오빠 좋아 라는 말이 나온다
아이들 스스로 그거 조타

오빠 좋아! 오빠(도) 좋아? 정리되는데

나는 그제야
한자로 운우지정雲雨之情 얘기하면서
고사는 차치하고라도
구름에 덮인 듯한 그 몽롱함
비에 젖은 듯한 그 흠뻑함
구름과 비의 뒤섞임
직설도 좋지만 때론 비유가 기막히지 않은가 했더니
아이들은 잠시 망설이는 눈치더니
그래도 '오빠 좋아'가 좋다고 책상을 두드린다

정전

교무실이 갑자기 정전이 되고
컴퓨터가 모두 꺼지니
금방 전기가 다시 들어오려나
얼마쯤은 자리를 지키고 있던 선생님들이
하나둘 일어서더니
서로에게 다가가 말을 걸기 시작합니다
더러는 손발 움직이며 맨손체조도 하고
그러고는 미안한 듯이
컴퓨터 때문에 대화가 많이 없어졌다는 말을 합니다

칸막이 된 책상에 앉아
불 나간 컴퓨터 회색 화면을 오래도록 지켜보면서
문득 가슴이 밀물지듯 먹먹해져 옵니다
사람이 그립습니다
성난 눈빛 더운 입김이 그립습니다
이십오 년 만에 만난 제자는
만나자마자 제게 맞은 따귀 얘기를 했습니다

나는 기억도 나지 않지만
반 아이들 앞에서 자신의 따귀를 때리고
선생님이 오히려 울먹거렸다던 그 따귀
평생 처음이자 마지막으로 맞은 그 따귀 때문에
자신이 살아났다던 얘기를 했습니다
깡패 양아치로 결국은 퇴학을 맞았던 그 녀석이
철학 박사가 되어 저를 찾아왔었습니다

사람이 그립습니다
따귀도 그립고
주전자로 넘치게 따라 붓던 막걸리도 그립습니다
몸으로 부딪치니 울던 일이 그립습니다
그렇게 정전은 길어지고
침묵 또한 깊어지면서
이상하게 창밖은 더욱 밝아집니다
화단 키 작은 벚나무 붉은 낙엽 떨어지는 것이
슬로우 비디오로 길게 눈에 걸립니다

습관이 우울하다

습관이 우울하다
서사敍事가 없는
소설처럼 우울하다
열정이 거세된 문체

상징과 은유로 가득한 세계
머리에 빗방울 하나 맞는 울림도 없이
세계는 침묵하고
나는 다시 닫힌 문 앞에 서 있다

가을 석양 녘
노란 은행나무는
황금빛 찬란한 장엄미사 준비하지만
이제 내 속에는 은행나무가 없다

단지 기억한다
어두운 남포 불빛 아래 둘러앉아

저녁 감자 먹는 사람들을 기억한다
아니면 이중섭의 게

죽어가는 게가
죽어가며 내 엄지손가락을 물고 있고
나는 그것을
쉽게 빨래 집게처럼 흔들고 있다

동백나무에도 내장이 있구나

아내와 딸아이와
이십여 년 만에 다시 찾은
제주 함덕 해수욕장, 그 끝 맨 안쪽에
혹시나 찾아본 그때 민박집이
그대로 있다

새벽 바람 경운기 몰고 어항에 가서
횟거리 찌갯거리 민박 손님들에게 값싸게 써비스하던
영감은 돌아가서 벽 위에 사진으로 앉아 계시고
종종걸음으로 늘 바쁘던 아주머니는 옛 모습 그대로인데

아내와 딸아이는 옛날의 그 바다에서
개헤엄, 자유형 몸풀기에 바쁘고
나는 돌아서 마을 안쪽을 어슬렁거린다
안쪽이 아니라 큰길 나가는 쪽
구불구불 고샅길
옛 모습 그대로 오래 묵은 나무와 집들을 본다

검은 돌담 안에 할머니는 콩밭을 매고
빈 집에 가지랑대 받치고 혼자 집 지키는 빨래

그러다가 옛날에도 보았을까
담장 안 오래 묵은 동백나무
그 해묵은 가지에 동백 열매가 대추알보다 더 크게 탐
스럽게 달려
한여름 적막, 오래 묵은 동백나무에서
불현듯 나는 그 무슨 내장을 보았던 것이니

아하 동백나무에도 내장이 있구나
추억 속에 붉은 피 돌리는 내장이 있구나

시경詩經을 읽으며

한여름 밤
웃통 벗어젖히고 식탁에 앉아
막걸리 마시며 불경不敬스럽게
시경을 읽는다

유행가처럼
사랑이 있고 이별이 있고
해묵은 권력 그 다툼이 있고
수자리 노역에 시달리는 죽음이 있구나

능소화도 피고
이별의 버드나무도 있고
굶주린 장강에 널뛰는
잉어 숭어도 있구나

연애하던 뽕나무 숲
느릅나무 갈참나무

숨죽인 가시나무 개암나무 있구나
엄나무 밑 가마솥에 몰려든 쉬파리도 있구나

삼천 년이었던가
꿈이 있구나
죽음이 있구나
시 삼백 편 사무사思無邪랬더니

한여름 밤 도가니 속
막걸리 마시며 시경 읽으며
비유가 성가시지 않았던 시대
삼전 닌 잎 푸른 능소화가 다시 그립다

남해에서

직원 연수
리무진 버스는 나를
언덕 높은 독일인 마을
전망 좋은 곳으로 데려갔지만
나의 시선은 저 아래 바닷가
물건리里 물건항港 방풍림을 바라다본다

도대체 왜 나를 여기 데려왔지
왜 내가 이 언덕의 독일인 모여 사는
그중에는 파독 간호사가 독일인 남편과
고국으로 다시 돌아와 살고 있는 마을을
기웃거려야 하는지, 왜 독일인 마을이
관광지가 되어야 하는지 모르겠다

그것보다는 저 아래 물건리 물건항
바다와 삶이 경계가 되는 곳
이끼 낀 함석지붕

더러 말린 생선 얹어놓고
때 묻은 텃밭
돌담 위로 능소화 늘어뜨리고
더러는 닫히고 무너진 문

그것이 이제 우리의 살아 있는
마지막 풍경이 아니던가

매직 아워

사진 찍기 좋아하는 사람들이 말하는
매직 아워
해 진 후 십 분
그 저녁 땅거미여
고양이여

세상을 바꾸는
신의 은밀한 시간
사방 빛은 아름다워
사물은 꼼짝 못하고 멈춰 서 있다
온몸에 꽂히는 사광斜光

그러나 비로소 뚜렷하게
자신의 모습 드러내며
어제의 빛나는 기억과
내일의 보이지 않는 기억이
교차하는 지점

현자의 시간 혹은 반성

아니면 하찮은 슬픔일지도 모르겠다

화단 산죽밭에 검은 고양이

꼼짝 않고 멈춰 서서

그 저녁 땅거미를 노려보고 있다

방위 그리고 봄

나지막한 산비탈
철조망가로 죽 구덩이 파고
똥 퍼 나르다가
윗산 바라보면 왼통 복숭아밭 복사꽃
똥 져 나르다가
십 분간 휴식
에라 모르겠다
그냥 똥구덩이 옆에 누우면
머리 위로
누가 옮겨다 심었을까
키 작은 복숭아나무
가녀린 분홍빛 꽃잎
잉잉 벌들은 날아들고
아하 이게 무릉도원인가
따뜻한 봄 햇살과 함께
하늘 가득 덮은
그 분홍빛 꽃잎

눈 감았다 떴다 생시인가
똥 냄새와 함께 하늘거리던
분홍빛 그 꽃잎

제
3
부

창호지 쪽유리

유리도 귀했던 때
창호지 문에
조그맣게 유리 한 조각 발라 붙이고
인기척이 나면
그 유리 통해 밖을 내다보았지
눈보다는 귀가 길었던 때

차라리 상상력이 더 길었던 때
여백이 많았던 때
문풍지 우는
바람이 아름다웠던 때
보이지 않는 것들이
더 아름다웠던 때

추억

묵정밭
한가운데
대추나무 묘목 한 그루

망해버린
진작에 작파해버린
빈 밭에
어떻게 살아남은
대추나무 묘목 한 그루

개구리 울어대는 때서야
비로소
푸른 잎 몇 장 달고 서 있다

동지

언젠가부터
내 혼자 마음속으로는
동지를 설로 생각하고
조용히 아침을 맞는다

고대의 풍습으로는
동지를 설로 쇠었다는데
마음으로 다시
그 오랜 옛날의 설을 쇤다

어린 시절
삼십 촉 백열구 밑
둥근 밥상에 둘러앉아
양푼에 동치미 놓고
멀건 팥죽에 새알심 동동
입속으로 뜨거운 해 삼키며
동지를 났지

내일부터

해는 다시 길어지리라

애기 보리 푸르게 싹 틔워 올리리라

중환자실에서

아플 때는 아픈 기억보다는
자꾸 아름다운 추억을 떠올리세요
입술 도톰한 간호조무사가 소곤거리듯 말한다

긴 복도를 따라 중환자실로 이동하며
나는 반듯이 누워 천장을 본다
가는 실무늬의 샤갈 그림
생고등어 푸른 무늬 흰 무늬의 어울림
춤춤 미끄러짐 너울거리며
하늘로 올라감 다시 내려옴
그리고 눈물과 삼각의 눈동자

아플 때는 아픈 기억보다는
눈 내리는 저녁나절
어둠 속에 잠기는 마을
탁탁 아궁이에 불이 타오르고
그 속 검은 동굴

노란 불꽃의 춤춤 너울거림
너울거리며 빨려 들어감
지붕 굴뚝 위 연기로 피어오르며
저녁밥 짓는 따뜻한 아궁이 곁

아플 때는 아픈 기억보다는
자꾸 아름다운 추억을 떠올리세요
누군가 멀어지며 소곤거리듯 말한다
이쪽을 꼭 붙드세요
죽음 이쪽 아님 저쪽
꽉 붙드세요 가물가물
아플 때는 아픈 기억보다는
자꾸 아름다운 추억을 떠올리세요

추억은 진보한다

추억은
스스로 진보한다
지금도 살아 있는 부드러운 충고이다
나는 아웅산에서 폭사한 김재익 경제 수석의
배만 한 구두를 기억한다
구멍이 여덟 개인 낡은 리갈 구두

추억은 비판의 가장 강력한 무기이다
울음이었을까
격랑처럼 내 몸을 흔든다
추억도 홀로 아리랑이 아닌 만큼
끊임없이 나를 흔들며 진보했다

그래서 추억은 존경스럽다
푸른빛 섞여 발그레한 국광 사과
그것이 촌스러웠다면
지나간 내 사랑도 그러하리라

사랑했지

그리고 지금도 그 사랑 그리워하는 것은

푸른빛 섞인 추억이다

나나 무스꾸리의 하얀 손수건

하얀 손수건이 보이지 않습니다
옛날 1번 버스 종점
방림시장 걸으며 바닥을 끌던 것은
검은 그림자였을까요

하얀 손수건이 보이지 않습니다
이별도 가버린 것일까요
만나고 헤어지는 것이
이제는 일상이 되었을까요

간이역 보셨나요
편지지 보셨나요
눈물 찍어내던 하얀 손수건
혹은 손에 넣고 접었다 폈다

흔들었을까요
어쩔 줄 모르고

돌아서 가던 뒷모습에
천천히 떠나가던 저 기차에

그 하얀 손수건이 보이지 않습니다
이별도 가버린 것일까요
이제는 그 흔한
눈물이 보이지 않습니다

외할아버지 미루꾸 캬라멜

외할아버지 미루꾸 캬라멜
외할아버지 우리집에 오실 때마다
그 미지근히 따뜻한 손이
고사리 같은 손 잡고 쥐여주던
그 달콤한 미루꾸 캬라멜

친일파 외할아버지가 사다 주신
미루꾸 캬라멜
친구에게도 한번 핥아보라고 하고
나도 핥아
두고두고 아껴 먹던 미루꾸 캬라멜

검버섯 가득 핀 얼굴에
두루마기 중절모에
손에, 미루꾸에
나는 친일파의 외손자
친일파의 미루꾸 받아 먹었구나

육십 년도 넘어 친일반민족행위자

영락없이 친일반민족행위자재산조사위원회

외할아버지 남은 찌끄러기 재산 국가 귀속 조치하더니

외할아버지의 아버지로부터 물려받은 재산이라고 했
더니만

취소 조치 내렸구나

그러나 나는 봉건 지주 친일파의 외손자

검버섯 가득 핀 외할아버지의 미루꾸 캬라멜

친구도 핥고 나도 핥고

아끼 먹디 호주머니 속

찐득찐득 녹아 붙었던걸

오래된 수건

어느 날은 화장실에 앉아 있는데
문득 앞 벽면에 걸린 수건이
창비 25주년
이제는 낡아 얇아질 대로 얇아져
베올이 비치는 분홍빛 수건
'1991년 창비 25주년 기념'

어렴풋한 기억에
한국일보사 송현클럽인가 어디서 받았지
그리고는 이십 년
얼마를 씻고 닦았을까
얼마를 빨고 닦았을까

탕왕반명*湯王盤銘
일신우일신하였으면
사람이 되었을 법한데
한 소식 들었을 법한데

때 낀 거울에는
아직도 길게 화장실에 앉아
나를 파먹고 있는
눈곱 낀 오소리를 본다
털은 성기고 삐죽삐죽한 채
나를 파먹고 앉아 있는

*중국 은나라의 시조 탕왕이 자신을 경계하기 위해 세숫대야에 새겨놓았다는 훈
계의 글. 날로 새로워지고 날마다 새로워진다는 뜻임.

내소사에서 그 무거운 돌들을 왜 지고 내려왔을까

삼십오 년 전 그 팔팔한 갓 스물 나이에
변산반도 내소사 청련암
고시생들 시험 보러 다 내려간 한겨울
텅 빈 암자 구석방에 둥지를 틀고
며칠은 아무 말도 안 하고 방구석 벽만 보고 앉았다가
며칠은 온종일 온 산 쏘다니며
나는 그 무슨 생각이 그렇게 많았을까

밤이면 웃풍에 너울대는 노란 촛불 아래
베개 깔고 엎드려 뭐를 그렇게 끄적인다 머리칼 태우며
또 무슨 생각이 그렇게 많았던 것인지
자식도 없어 오갈 데 없다던 그 늙은 보살이 해주는
된장찌개에 고들빼기 김치에 아침저녁 고봉밥 때려 먹고
계곡 바위 비탈에 양철 지붕으로 세운 해우소
하루하루 그 똥으로 얼음탑을 쌓고
또 그것을 도끼로 쳐내리던
그 겨울 내소사 청련암

한시도 한자리에 가만 있지 못하는

오목눈이 떼 박새 딱새 쫓아다니다가

두꺼운 얼음장 밑 계곡물 졸졸 흐르는

바윗돌에 오도카니 앉아 햇빛 쬐며

나는 또 그 무슨 생각이 그렇게 많았던 것일까

쪼르르 눈물도 흘렸던가

꿈에 도시의 가로등 불빛이 선히 비치고

이제는 가야지 산 아래쪽 바라보며 또 며칠을 서성이다
가 내려온

그 겨울 내소사 청련암

새벽마다 아랫마을 동자가 아궁이에 부리는 장작더미
소리에 삽상하게 잠은 깼지만

애초에 덩어리로 얽힌 생각의 타래는 한 올도 풀지 못
하고

쌀 반 가마는 족히 될 그 무거운 돌들을 배낭 가득

나는 왜 지고 내려왔을까

어릴 때는 왜 그렇게 귀신이 많았을까

어릴 때는
왜 그렇게 귀신이 많았을까
몽달귀신 처녀귀신 측간귀신 달걀귀신 빗자루귀신
온갖 물건에 따라붙던 귀신

어릴 때에는
왜 그렇게 귀신이 무서웠을까
측간 밑에서 손이 쑥 올라와 잡아당길 것만 같아
똥 누는 듯 마는 듯 뛰쳐나오고
이상한 소리 스치는 그림자만 보아도
이불 뒤집어쓰던 귀신

식구들 잠든 어두운 거실
잠이 안 와
이런저런 생각에 뒷짐 지고 서성이다
베란다 화분 속 치자꽃 향기에
코 들이밀고 혼자서 킁킁거리는

이제는 내가 귀신이다

내가 귀신 같다

겨울밤

혹한
겨울밤
따뜻한 거실 식탁에 앉아
따끈한 정종 한 잔에
은행알 까먹으며
문득 아버지 무덤 생각한다

좌청룡
우백호
작은 활개 펼치고
눈 덮인 채
휘익휘익 바람 몰아치는
소나무 숲
작은 오두막에 드러누워
아버지는 춥지 않으실까

구로동 열 평 임대아파트

빈대 나오는 집이었지만
평생에
웃풍 없는 집은 처음이라며
뇌졸중 위암
병석에 누워서도
좋아라 하셨던
아버지

혹한
겨울밤
따뜻한 거실에 앉아
웃풍 없는
이 시대의 풍요가
문득 죄송스럽다

난쟁이

4·19 때, 초등학교 2학년 때, 서천에서
나는 움직이는 별을 처음 보았다
밤하늘을 밝고 아주 빠르게 달리던 별
인공위성이었다
성난 군중이 몽둥이 들고 군청으로 몰려가고
내무공무원이었던 아버지는 도망가고
귀신 나오는 낡은 일본식 관사로 돌아오는 산길에서
아버지는 인공위성을 가리켰다

암스트롱이 달에 처음 착륙할 때
온 나라가 그것을 중계방송하고 나는 고2였다
담배 피우다 걸려 정학을 맞고
친구와 유성온천 김이 모락모락 땟물이 흐르는
개천 뚝방에 앉아 막걸리를 마셨다
술이 벌겋게 취해 돌아온 나를
아버지는 아무 말도 안 하셨다

유신헌법 국민투표 때 대학교 때

투표 거부 운동이 벌어졌을 때

박정희 정부는 투표 안 하면 연탄을 안 주겠다고 위협
하고

공무원은 그 가족이 투표 안 하면 목이 잘릴 것이라고
했다

아버지는 내 눈치를 보셨지만

나는 투표했다

가족이 사는 길을 나도 알았던 게다

몽둥이와 혁명 그리고 인공위성

암스트롱과 막걸리 또 연탄이라니

그러나 몇십 년이 지났어도 아직도 나는 난쟁이

나는 지금 내 아이에게 가리킬 별이 없다

인공위성은 넘쳐나지만

하늘은 이미 어두워져 아무것도 보이지 않는다

그 많던 다방은 다 어디로 갔을까

커피 한 잔 시켜 먹고
이따금 더운 엽차 불러 마시며
하루 종일을 죽치고 앉아
더러 메모지에 볼펜 좀 갖다 달래서 시도 끄적거리다
무슨 아지트처럼 친구들 모여, 나가서 일보고 다시 돌
아와 노닥거리던
그 많던 다방은 다 어디로 갔을까

굽이 높은 하얀 꽃무늬 샌들 신고
한복 치마꼬리 감아올리며 옆에 앉아
노른자 뜬 쌍화차 한 잔 죽이며 눈웃음치던
그 많던 마담은 다 어디로 갔을까
허연 허벅지 드러내고 껌 짝짝 씹으며
국화빵 사다 먹자던 그 많던 레지는 다 어디로 갔을까

지금은 헬스클럽에나 다니고 있을까
스포츠 댄스나 즐기고 있을까

아니면 흘러 흘러
아직도 여자 귀한 시골 다방
티켓 장사하고 있을까

때로는 친구들로 벽을 치고
누군가는 성명서 써 내리고 돌려 보며 토론하던
그 다방이 없구나
이 환한 도심 속에는
축축하고 어둑어둑 담배 연기 자욱하던
그 다방이 없구나

지금도 물레 돌리는 옹기장이를 보며

어릴 적은 늘
무언가를 만들며 놀던 기억
개천 얼크러진 풀섶 안
조대흙 파서
신라시대 토우 같은 인형도 만들고
비행기나 탱크 같은
전쟁의 기억도 만들었지

어릴 적은 늘
무언가를 만들었다네
자치기 깎고 새총 만들고
비석치기 돌 다듬고
밀짚 수수깡으로 여치집 만들고
판자 쪼가리 뚝딱여서
비둘기집 개집도 만들어주었지

그러나 지금은

내가 만든 기억이 없네
아무것도 만든 기억이 없네
땅도 없고 연장도 없지만
그냥 싼 돈으로 사서
모든 것 쓰고 버리기 바쁘다네
자족과 상상의 아무 기억이 없다네

제
4
부

아버지 수염은 지금도 자라고 있을까

감옥에 있을 때
형집행정지로 잠시 나와
아버지 초상 치를 때
검사는 부의금 쥐여주며 쫓아 나오고
형사 두 명 따라붙을 때
나는 울지 않았다

그러나
마지막 아버지 염습할 때
아버지 이미 눈감은
차가운 얼굴 쓰다듬으며
그 하얗고 검은
꺼칠한 수염 어루만지면서
울컥 눈물이 났다

그리고 이제 내가 아버지 나이
그때 아버지 입에 쌀알 물려 드렸을까

손에 지전 들려 드렸을까
그 차가운 얼굴에 꺼칠한 수염은
아직도 손바닥에 남아 있는데
이제 눈물은 나지 않는다

죽어서도 수염은 자란다는데
흙 덮고 누운 저 어둠 속
아버지 수염은 지금도 자라고 있을까

삶은 계란

기차는 모두 완행
한 가지뿐
단지 이등칸, 삼등칸 나누고
똑같이 가다 서다 그랬던 시절

회덕인가, 신탄진인가
찜통 같은 더위에
차창이 고정이 안 되고 자꾸 내려오니
열차가 정거한 틈에 아버지는 기차를 내려
철로 옆 산비탈을 차고 오르더니
싸리나문지 뭔지 막대기 하나 꺾어와
차창을 받쳤다

기차는 다시 천천히 달리고
목이 막히니 천천히 먹으라며
사이다 그 단물과 함께 사 주신
홍익회 삶은 계란

양약첩처럼 접은 굵은 소금 펼쳐놓고
의자 팔걸이에 탁탁 부딪쳐 까먹던
그 삶은 계란

아버지도 하나쯤은 드셨을까
그 삶은 계란 깨물며
아버지와 나는 무슨 얘기했을까
아버지도 드물게 알고 있는
서울 얘기 해주셨을까
기차 타고 처음 서울 가는 길

고무줄로 묶은 트랜지스터라디오

풍 맞아 쓰러지셨다가
다시 위암까지 겹쳐
위를 거의 전부 잘라내신
아버지 머리맡에는 늘
네모나고 커다란 로케트 건전지를 고무줄로 묶은
트랜지스터라디오가 놓여 있었다

내가 민중교육지 사건으로 옥에 갇혔을 때
어머니나 동생들이나 모두가 쉬쉬했지만
하루 종일을 라디오 들으시며
아버지는 알 것은 모두 알고 계셨다
그러고도 아무 말 없이
더더욱 라디오를 귀에 달고 사셨다는데

법정 공방 육 개월
그러나 막상 일심에서 실형을 선고받자
아버지는 하루 종일 꼼짝 않고 눈 감고 계시다가

어머니에게만은 이 자식이 빨갱이로 몰려
평생을 어찌 살꼬 어찌 살꼬
비로소 눈물 보이셨단다

그러고는 정말
라디오는 아버지의 명치를 찔러버렸는데
일심 판결 며칠 뒤
아버지는 라디오 걸어 잠그고
조용히 저승길 떠나셨다
내가 옥에서 나왔을 때
그 고무줄로 묶은 트랜지스터라디오는
아버지가 가져가셨던지 보이지 않고
우리 집 라디오 시대는 그렇게 끝이 났다

내가 옛날 트로트 노래 좋아하는 것은

내가 옛날 트로트 노래 좋아하는 것은
사라져가는 것들이 있기 때문
짤랑짤랑 청노새가 있고

초가삼간 울바자 넘나드는 찔레꽃 향기
밤이면 소쩍새 울음 왕거미가 집을 짓고
풀피리 버들피리 보리피리
앵두나무 우물가에 물동이 호미자루 있기 때문

황성 옛터 눈썹달도 있지
꿈꾸는 백마강
눈물 젖은 두만강
만주 벌판 고단한 유랑이 있구나

도토리묵을 싸서 허리춤에 달아주던
박달재의 금봉이가 있고
연분홍 치마 휘날리며

봄날은 가기 때문

삼팔선의 봄이 있고
이별의 부산 정거장이 있네
대전발 0시 50분
목포행 완행열차 떠나기 때문

그리고 내 아버지 십팔번
삐꾸로 뜯던 애수의 소야곡
띵띵 띠디디딩딩 띠디디 띠디디디 디디디디딩
운다고 옛사랑이 오리오마는
추억에 나의 기타가 있기 때문

어머니는 비밀번호가 없다네

우리 어머니 통장은
비밀번호가 없다네
은행 직원이 1111이라도 하라는 것을
그것도 기억하지 못한다고 우겨서
비밀번호가 없다네

어머니는 다 놓아버렸다네
다 주어버렸다네
비밀번호가 문제가 아니라
더 이상 비밀스러울 것도
더 이상 지킬 것도 이제는 없다네

컴퓨터도 없고 신용카드도 없고
핸드폰도 없고
아이디며 인증번호며
무슨 무슨 암호며 아무것도 없고
달랑 주민등록번호밖에 없는 어머니는

아무 비밀번호 없이

새로운 세상을 준비하신다네

장모님은 꽃 전도사

평생 농사꾼에서
장모님은 이제 꽃 전도사
이게 참 뻘한 게
꽃이 겁나게 이뻐야 하며
꽃모종 꽃씨앗
동네 집집이 퍼다 주신다

팔십 평생 짓던 농사
몸 두어 번 무너진 뒤
모두 남 주어버리고
마을회관이며 부녀회 다니시는 것 말고는
온통 꽃만 챙기신다

옛날에는 감나무며 무화과나무
유실수 옮겨 심던 마당 귀퉁이 텃밭 모서리
이제는 장미도 심고 국화도 심고
메리골드며 이름 모를 서양꽃 모종까지

온갖 꽃 챙기신다

시골집 정리하고 서울 올라와 같이 사시자 해도
이 꽃들은 어떻게 하구
그냥 꽃 가꾸며 혼자 살란다며
나 죽으면
이 꽃밭에다 묻어달라신다

며칠 머물다 다시 서울 올라가는 딸
헌 스티로폼 박스에 꽃 화분 꽃모종
신문지 넣어 한 짐 싸주시며
서울 가서 잘 살아라
나 죽더라도 잘 살아라
아픈 다리 끌며 따라나오신다

우리 장모 괜찮해야

남해 거제도 휘파람새와
서해 외연도 휘파람새는
그 울음소리가 달라
새들도 방언을 쓴다더니

우리 장모
평생 한 가지 말밖에 몰라
평생 바꿀 생각도 않고
바꾸어지지도 않아

오메 오메 윤서방 왔는가
몸은 괜찮한가
자네두 이젠 술 좀 쬐깐 줄여야 한다마시
얼굴은 그래도 괜찬해야

우리 논두 올긴 괜찬해야
나락이 포시랑포시랑 달리구

사람 외로운 거 말구

시골 살기두 그저 괜찮해야

장모 삼우제날

삼우제날
장모 평생 농사짓던 들판
잔등에 올라
장모 옷가지 일습 태우며
울컥 울음이 났다

푸릇푸릇 연기 솟구치고 춤추며
훤히 월출산이 마주 보이는
황토밭 잔등
굽이굽이 황톳길을
장모가 다시 살아오고 있었다

몸뻬바지 가랑이 걷어붙이고
호미 들고 수건 풀어 들고
맨발로 바삐 걸어오는 뒤로
저녁노을
길게 끌리고

오메 이것들이 밥은 먹었능가

종종걸음 너울너울

엉덩이 실룩거리며

돌아오는 장모가 보였다

굽이굽이 황톳길

역사

사기史記를 등에 메고
장승백이 등용로길 고개를 오른다
여름방학 내내 씨름하며 읽던
사기 전집, 본기 세기 열전 표
각주까지 깨알같이 박혀 있는 사기 전집을
도서관에 반납하기 위해
배낭에 메고 장승백이 고개를 오른다

고갯마루 휴우 숨 한 번 내쉬면
발 아래 노량진동 키 작은 지붕들
그 아래 63빌딩, 차들은 개미처럼 줄을 잇고
원효대교 밑으로 한강이 흐른다
눈을 들면 멀리 북한산 연봉들
갈기를 세우고 말 달리는데

황제 요순 춘추전국 진시황 한무제 흉노
온갖 나라와 인간은 다 어디 갔을꼬

다, 다 한 자루 배낭에 메고
아직 염제가 가시지 않은
가을 장승백이 고개를 내려선다
오늘도
마음은 허황하고 실상 없는 채

오래된 지명

전철을 기다리다
우연히 들여다본
내방역 주변 지역 안내도에
작은 글씨로 희미하게 박혀 있는
옛 지명들

뒷골 너른골 찬샘골 장아뜰
벌말 벌모롱이 구렛논 뱅돌래미
가꿀고개 오르메 도구재
사궁길 사복촌 새텃말
내방역 주변 마을
옹기종기 정겹던 옛 이름들

내가 살고 있는 동네
산책 다니던 골목골목의
옛 이름 맞추어보며
흥분되고 신이 나서

전철 몇 개 지나쳐 보내면서도
다시 땅 냄새 맡은 듯
물 냄새 맡은 듯

나는 땅속을 달리며
아스팔트와 콘크리트와 강철재를 부수고
땅 위에 땅 위의 옛 마을들과
고샅길과 시냇물과 고갯길을
머릿속 환히
다시 세우고 있다

겨울 까마귀

내방역 네거리
붉은 신호등 매달린 굵은 쇠 파이프
유턴 표지판 위에
까마귀 한 마리 앉아 있다

검정색이 오랫동안 움직이지 않고
무겁게 앉아 있다
아침 일찍부터 서쪽을 향해
묵묵부답 앉아 있다

영하 십이 도 맹추위
사람들은 종종걸음 바삐 길 건너는데
커다란 검정색이 유턴 표지판 위에 웅크린 채
그냥 막무가내로 앉아 있다

유령, 혹은 잊어버린 존재의 목소리

김진경 시인

존재는 비어 있다

들판의 모습 중에서 가장 그득한 존재감을 느끼게 하는 것은 역설적이게도 가을걷이가 끝난 무렵 저녁의 텅 빈 들판이다. 들판에 무언가가 심어져 무럭무럭 자라고 있는 동안에는 벼니, 배추니, 무니 하는 것들 하나하나의 푸르고 뜨거운 생장은 느껴지지만 그것들의 존재 자체가 주는 충만함은 느낄 수가 없다. 푸르고 뜨거운 하나하나의 생장들이 존재를 가려버리기 때문일 것이다.

무럭무럭 자라는 것들이 다 베어지고 나면 비로소 그 하나하나의 것들을 생장하게 했던 검은 대지가 모습을 드러낸다. 비어 있는 대지에서 우리는 비로소 그 대지 위에 자라던 많은 것들, 그 위에서 일하던 농부들이 맺고 있던 관계들을 느낄 수 있다. 존재는 존재하는 것들이 맺는 관계의 총체이다. 이 존재는 비어 있음 속에서만 자신을 어렴풋이 드러낸다. 윤재철은 이 비어 있음을 여백이라 부르기도 한다.

유리도 귀했던 때
창호지 문에
조그맣게 유리 한 조각 발라 붙이고

인기척이 나면

그 유리 통해 밖을 내다보았지

눈보다는 귀가 길었던 때

차라리 상상력이 더 길었던 때

여백이 많았던 때

문풍지 우는

바람이 아름다웠던 때

보이지 않는 것들이

더 아름다웠던 때

—「창호지 쪽유리」 전문

이 시의 화자는 어릴 적 시골 동네에 있었던 구멍가게를 회상하고 있다. 유리가 귀해서 깨어진 유리를 모아 엿장수에게 가져가면 엿을 바꿔 먹을 수 있었던 시절이다. 시골 구멍가게에서 방으로 통하는 문은 창호지 문이었고, 그 문에는 가게를 내다보기 위한 손바닥만 한 유리가 있었다.

이렇게 창호지 문을 달고 살던 때는 아주 낯선 사람이 아닌 한 문밖의 사람을 봐서 아는 게 아니라 신발 끄는 소리, 창호지 문에 비친 그림자 등 오감을 모두 작동시켜 알았다. 동네 아이가 몰래 들어와 눈깔사탕이라도 훔쳐 가게 문을 나갈라치면 가게 주인 할머니는 내다보지도 않고 어떻게 알았는지 나중에 돈 가져오너라 한다. 할머니는 그 아이가 어느 집 아이인지 알지만 눈으로 확인하지도 말로 확인하지도 않는다. 눈이나 말로 확인하는 행위는 그 아이를 둘러싼 오랜 관계들을 망쳐버릴 수 있기 때문이다. 그 아이의 훔치는 행위가 가져오는 손실보다는 그것을 확인함으로써 망가지는 관계의 손실을 더 크게 생각했다. 타자에 대한 상상력이 길고, 마음의 여백이 있었던 때이다.

시의 화자는 이러한 때를 보이지 않는 것들이 더 아름다웠던 때라고 한다. 시각은 대상을 너무 명확하게 포착한다. 그래서 대상의 밖으로 드러나는 모습에 빠져 배후에 있는 그 대상이 세계 내에서 맺고 있는 관계들의 총체를 놓친다. 존재는 너무 밝은 빛 속에서는 숨는다. 또한 시각은 자기중심적이다. 자기로부터 가까울수록 크고 멀수록 작아지는 시각의 원근법은 보고 있는 자기가 신처럼 보이는 세계의 밖에 서 있는 것 같은 착각을 불러일으킨다. 이러한 착각은 관계의 총체로서의 존재를 보지 못하게 한다.

존재가 자신을 드러내는 것은 오히려 보이는 것과 보이

지 않는 것들의 경계가 모호해지는 저녁 어스름이다. 저녁 어스름 속에서 사람은 자신이 보고 있는 세계 밖에 있는 것 같은 착각에서 벗어난다. 인간은 신처럼 세계 밖에서 세계를 내려다볼 수 없다. 인간은 세계에 속한 세계-내-존재이다. 어둠이 내려 사물들의 경계가 무너져가는 저녁 어스름, 사람은 비로소 세계-내-존재로서 자신의 전부로 이 세계에 속한 것들이 맺고 있는 관계들의 총체를 느낀다. 보이지 않는 것들이 더 아름다운 때이다.

기억의 세 가지 양태

그런데 관계의 총체로서의 존재는 어떻게 비어 있음 속에 자신을 드러낼 수 있는 걸까? 그것은 일단 기억을 통해서이다.

그 여사
그 남자 죽은 지 몇 년 됐는데도
구두를 현관에 그대로 두고 있다
뒷굽이 한쪽으로 닳은 낡은 구두
더러 광나게 약칠도 하며

(중략)

구두
아침이면
밖을 향해 놓았다가
저녁이면 지금 막 돌아온 듯이
집 안을 향해 돌려놓는 것은

그 여자 마음이지
살아 있는 추억이야
죽은 그 남자 아침이면 출근했다가
저녁이면 퇴근해 그 여자 집으로 돌아온다네
구두가 돌아온다네

―「구두」 부분

　위 시에서 노래하고 있는 구두는 상품으로서 이미 쓰레
기통에 버려졌을 낡은 구두이다. 그런데 시에 등장하는
여자의 기억이 그 아무 의미도 쓸모도 없는 구두를 이 세
계를 구성하는 관계들의 총체가 깃드는 대지로 바꾸어놓
는다. 이 여자의 기억 때문에 그 구두는 주인을 잃은 텅
빈 구두일 수 없다. 구두의 비어 있음 속에는 이 여자와

남자가 맺었던 관계를 중심으로 이 세계에 속한 것들의 관계의 총체가 담겨 있다. 이 여자에게 비어 있는 구두는 존재가 자신을 드러내는 대지이다. 만약 이 낡은 구두가 어느 날 갑자기 사라져버린다면 이 여자의 세계는 무너지고 여자는 존재감을 잃을 것이다.

가을걷이가 끝난 대지의 비어 있음은 결코 무無가 아니다. 가을 저녁 무렵의 대지는 농부의 노동과 자신에게서 생장했던 것들에 대한 기억이자 앞으로 이 대지에 부어질 노동과 생장할 것들에 대한 기대이다. 과거의 현재인 기억과 미래의 현재인 기대를 품고 있는 지금으로서 대지는 그득한 존재감으로 다가온다.

망각

우리는 대지를 잃고 살아간다. 우리가 살아가는 현대 소비사회는 잡다하게 가득하디. 숨 쉴 틈도 없이 밀려오는 잡다한 상품들에 실려 존재는 사라져버린다. 늘 새로워지는 상품들에는 기억이 없다. 늘 새로워지는 상품들에는 도래할 미래가 없다. 소모되고 버려지기 위한 매뉴얼이 있을 뿐이다. 그렇기 때문에 소비사회의 잡다한 가득함은 공허하다. 파편화된 찰나가 무한 반복된다. 삶은 부피를 잃고, 사람들은 무한 반복되는 찰나 속에서 영원히 살 것 같은 착각에 빠진다. 기억이 없는 찰나의 반복. 망각.

교무실이 갑자기 정전이 되고

컴퓨터가 모두 꺼지니

금방 전기가 다시 들어오려나

얼마쯤은 자리를 지키고 있던 선생님들이

하나둘 일어서더니

서로에게 다가가 말을 걸기 시작합니다

더러는 손발 움직이며 맨손체조도 하고

그러고는 미안한 듯이

컴퓨터 때문에 대화가 많이 없어졌다는 말을 합니다.

(중략)

사람이 그립습니다

따귀도 그립고

주전자로 넘치게 따라 붓던 막걸리도 그립습니다

몸으로 부딪치며 울던 일이 그립습니다

그렇게 정전이 길어지고

침묵 또한 깊어지면서

이상하게 창밖은 더욱 밝아집니다

화단 키 작은 벚나무 붉은 낙엽 떨어지는 것이

슬로우 비디오로 길게 눈에 걸립니다

—「정전」 부분

「정전」은 현대 소비사회의 시스템이 일시적으로 멈추는 정전이라는 우연한 사고로 사람들이 망각에서 벗어나 잊어버렸던 관계들에 눈뜨는 순간을 그리고 있다.

현대 소비사회는 소모하고 버려지는 잡다한 매뉴얼들로 가득 차 있다. 그 잡다한 매뉴얼들 속에서 그 잡다한 매뉴얼들에 따라 상품을 조작하는 또 하나의 특수한 상품 매뉴얼처럼 사람들은 살아간다. 거기에는 기억이 없다. 사람들은 깊은 망각 속에서 살아간다.

그런데 어느 순간 정전이라는 우연한 사고로 현대 소비사회의 시스템이 멈추어버렸다. 사람들은 당황한다. 머리와 손은 매뉴얼의 관성대로 움직이려 하는데 컴퓨터의 화면은 까맣게 죽어 있다. 사람들은 갑자기 닥친 무無에 어쩔 줄을 모르며 이 재난이 빨리 지나가기를 기다린다. 하지만 정전은 길어지고 사람들은 당혹스러운 무에서 벗어나기 위해 이런저런 몸짓에 대한 기억을 되살려 일어나 체조를 하기도 한다. 그리고 서서히 관계들에 대한 기억이 되살아나 새삼스럽게 주위 사람들에게 말을 걸기도 한다.

정전은 쉽게 끝나지 않고 오래 이어진다. 이 오래 이어지는 정전은 아마도 시인 자신일 시의 화자에게는 축복이다. 정전이 오래 지속되면서 침묵이 깊어진다. 깊어지는 침묵 속으로 잊어버렸던 관계에 대한 기억들이 돌아오고 이상하게 창밖은 밝아진다. 이 밝음은 햇빛의 너무 환한 밝음이 아니다. 자신을 숨기면서 드러내는 어둑한 밝음이다. 그런데 이상하게도 이 어둑한 밝음이 햇빛의 환한 밝음보다 더 진정한 밝음으로 느껴진다. 바로 관계의 총체로서의 존재가 자신을 감추면서 드러내는 밝음, 곧 진리이기 때문이다. 그리하여 화단의 키 작은 벚나무 붉게 물든 낙엽 떨어지는 것이 비로소 슬로우 비디오로 길게 눈에 걸린다.

우리가 살아가는 현대 소비사회의 망각은 깊다. 이 깊은 망각 속에서는 시스템이 정지하는 우연한 사고의 순간에서나 관계에 대한 기억들이 되살아난다.

원한

현대사회를 살아가는 많은 사람들은 원한에 차 있다.

현대인의 원한은 존재의 결핍, 달리 말하면 소외감에서 오는 것이다. 그러니 뚜렷한 이유나 복수의 대상이 있을 수 없다. 원한은 사람으로 하여금 어떤 특정한 기억에 사로잡히게 한다. 그 특정한 기억은 자신의 경험일 수도 있고 밖에서 주어진 가공의 것일 수도 있다. 특정한 기억에 사로잡히면 다른 기억들은 사라지거나 희미해지거나 왜곡되어 세계가 좁아지고 뒤틀린다. 이렇게 뒤틀린 세계에서 복수의 대상은 매우 자의적이고 무차별적인 방식으로 결정된다. '묻지 마 범죄'는 이러한 뚜렷한 이유가 없는 원한과 자의적이고 무차별적인 복수의 대표적 예이다.

독일인들은 유태인에 대한 역사적 기억에 사로잡혀 유태인 대학살을 일으켰고, 한국인들은 아파트의 기억에 사로잡혀 기괴한 정권을 탄생시키고 노무현 전 대통령을 죽게 했다. 가스통 할배들은 자신의 기억과 반복되어 주입되는 그와 유사한 기억에 사로잡혀 시도 때도 없이 나타나 설친다. 한국사람 중 정도는 좀 약하겠지만 가스통 할배들과 유사한 증상을 보이는 인구가 20~30퍼센트는 될 것이다.

원한은 사람으로 하여금 특정한 기억에 집착하게 만들고, 특정한 기억에 대한 집착은 기억을 진보할 수 없게 만든다. 기억이 진보하지 못하면 한때 빛났던 기억이라 할지라도 기괴한 괴물로 변한다. 최근의 통합진보당 사태는 그 대표적 예일 것이다. 기억은 진보해야 한다.

> 추억은 비판의 가장 강력한 무기이다
> 울음이었을까
> 격랑처럼 내 몸을 흔든다
> 추억도 홀로 아리랑이 아닌 만큼
> 끊임없이 나를 흔들며 진보했다.
>
> —「추억은 진보한다」부분

그런데 기억은 어떻게 진보하는 것일까? 기억은 우리가 통상적으로 생각하듯이 고정되어 있는 것이 아니다. 기억은 앞날에 대한 기대로서의 미래가 깃드는 토대이고, 앞날에 대한 기대는 기억을 알게 모르게 변화시킨다. 기억은 그렇게 진보한다.

원한은 사람으로 하여금 특정한 기억에 사로잡히게 하여 앞날에 대한 기대로서의 미래를 차단한다. 원한은 기억의 진보를 가로막는다.

존재의 웅얼거림

윤재철의 시는 원한으로부터 자유롭다. 윤재철의 기억은 끊임없이 진보하고 있기 때문일 것이다.

4·19 때, 초등학교 2학년 때, 서천에서
나는 움직이는 별을 처음 보았다
밤하늘을 밝고 아주 빠르게 달리던 별
인공위성이었다
성난 군중이 몽둥이 들고 군청으로 몰려가고
내무공무원이었던 아버지는 도망가고
귀신 나오는 낡은 일본식 관사로 돌아오는 산길에서
아버지는 인공위성을 가리켰다

(중략)

몽둥이와 혁명 그리고 인공위성
암스트롱과 막걸리 또 연탄이라니
그러나 몇십 년이 지났어도 아직도 나는 난쟁이
나는 지금 내 아이에게 가리킬 별이 없다
인공위성은 넘쳐나지만

하늘은 이미 어두워져 아무것도 보이지 않는다

— 「난쟁이」 부분

이 시의 화자는 어릴 적 4·19 시위로 도망쳤던 내무공무원 아버지와 함께 집으로 돌아오던 밤길을 회상하고 있다. 시의 화자는 4·19에 얽힌 아버지의 사연을 잊어버리지 않고 기억하긴 하지만 집착하진 않는다. 그래서 그 역사적 사연들은 아버지라는 시적 대상의 한 양태로서 담담하게 제시된다. 밤길에 대한 기억에서 중요한 것은 그러한 역사적 사연 자체가 아니다. 중요한 것은 그러한 곤혹스러운 상황에서도 아버지가 아들인 화자에게 하늘의 별을 가리켜 보일 수 있었다는 사실이고, 그렇게 별을 가리켜 보일 수 있는 밤하늘이 있었다는 사실이다.

이제 시의 화자가 아버지가 되었지만 시의 화자는 아이에게 별을 가리켜 보일 수가 없다. 하늘은 이미 어두워져 아무것도 보이지 않기 때문이다. 그런데 여기서 하늘이 어두워졌다는 것은 무슨 뜻인가? 물론 별은 어두워야 잘 보이니 하늘이 물리적으로 어두워졌다는 뜻은 아니다. 이 시에서 하늘은 기억과 앞날에 대한 기대가 깃드는, 그래서 관계의 총체로서의 존재가 스스로를 감추고 있는 대지와 같다. 별은 관계의 총체로서의 존재가 자신을 감

추면서 드러내는 빛남이다. 하늘이 어두워졌다는 것은
이 존재가 자신을 감추면서 드러내는 빛남이 불가능해졌
다는 것을, 하늘이 존재를 감추는 대지이기를 그만두었
다는 것을 뜻한다. 그래서 시의 화자는 아버지가 되었지
만 어른이 되지 못한 난쟁이일 수밖에 없다. 관계의 총체
로서의 존재에 다가가지 못하는 자가, 그래서 그 존재가
감추면서 드러내는 빛남을 아이에게 가리켜 보일 수 없
는 자가 어찌 진정한 어른일 수 있겠는가?

우리들의 대부분은 자신이 난쟁이인 줄도 모르는 난쟁
이들이다. 윤재철은 자신이 난쟁이인 줄 아는 난쟁이이
다. 이 난쟁이는 자신이 난쟁이인 줄 알기 때문에 어른이
되기 위해 끝없이 사소한 추억들을 찾아다닌다. 그 사소
한 기억들은 하나같이 관계의 총체로서의 존재가 스스로
를 감추면서 드러내는 빛남의 순간들에 대한 기억들이
다. 그렇기 때문에 이 사소한 기억들은 결코 사소하지 않
고 근원적이다.

그런데 윤재철의 시는 어떻게 망각과 그것의 변종으로
서의 원한으로부터 자유롭게 되었을까? 그의 기억은 어
떻게 해서 진보한 것일까? 그것은 죽음에 대한 자각을 통
해서인 듯싶다. 기실 인간에게 미래란 자신이 죽어야 하
는 존재라는 자각으로부터 도래하는 것이 아니겠는가?

아플 때는 아픈 기억보다는

자꾸 아름다운 추억을 떠올리세요

누군가 멀어지며 소곤거리듯 말한다

이쪽을 꼭 붙드세요

죽음 이쪽 아님 저쪽

—「중환자실에서」 부분

어릴 때에는

왜 그렇게 귀신이 무서웠을까

측간 밑에서 손이 쑥 올라와 잡아당길 것만 같아

똥 누는 듯 마는 듯 뛰쳐나오고

이상한 소리 스치는 그림자만 보아도

이불 뒤집어쓰던 귀신

식구들 잠든 어두운 거실

잠이 안 와

이런저런 생각에 뒷짐 지고 서성이다

베란다 화분 속 치자꽃 향기에

코 들이밀고 혼자서 킁킁거리는

이제는 내가 귀신이다

내가 귀신 같다

　　　—「어릴 때는 왜 그렇게 귀신이 많았을까」 부분

　위 시들은 윤재철의 기억이 진보하는 자리를 보여준다. 기억이 진보하는, 그래서 자신이 난쟁이인 줄 아는 난쟁이의 자리는 죽음의 이쪽 아니면 저쪽이다. 죽어야 하는 존재임을 자각하는 데로부터 기억은 진보하는 것이다. 그 자리는 이제는 내가 귀신 같은 유령의 자리이기도 하다. 이 유령은 사소한 기억들을 웅얼거린다. 그 사소한 기억들은 사소하지만 존재가 자신을 숨기면서 드러내는 빛남의 순간에 대한 기억이라는 점에서 근원적이다. 그것은 존재의 웅얼거림이다.

　망각의 시대에 시인이 서 있는 자리가 어찌 유령의 자리처럼 곤궁하지 않을 것이며, 그 곤궁한 자리에서의 웅얼거림이 어찌 근원적이지 않겠는가마는, 죽마고우로서도 한마디.

　술 좀 작작 처먹어라! 또 지하철 계단에서 굴러 떨어져 죽음의 이쪽저쪽 왔다 갔다 하지 말고 오래 살아 좋은 시 많이 써. 할~!